AF591156

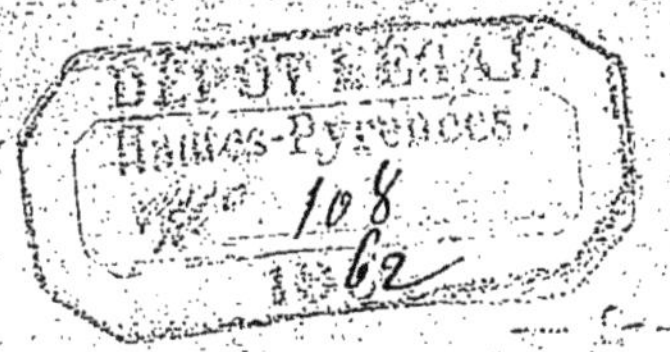

RECUEIL

1814

Amis, enfin voici le jour
Qu'attendait tout Français fidèle :
Guidés par l'honneur et l'amour,
Suivons Louis qui nous appelle.

Ventre saint gris ! au nom du fils d'Henri,
Français, du fond de l'âme,
Des anciens preux redis le cri chéri :
Mon Dieu, mon Roi, ma Dame.

1862

Par de cruels et longs malheurs
La France, hélas! se vit abattre;
Mais le Ciel, pour sécher ses pleurs,
Lui rend les enfants d'Henri Quatre!

Ventre saint gris! etc.

Au blanc panache aux fleurs de lis,
Que tout bon Français se rallie :
Fidélité porte son prix;
Par le bonheur elle est suivie.

Ventre saint gris! etc.

Au noble fils du Béarnais
Rendons son antique couronne,
Et qu'il entende tout Français
Répéter autour de son trône :

Ventre saint gris! au nom du fils d'Henri,
Français, du fond de l'âme,
Des anciens preux redis le cri chéri :
Mon Dieu, mon Roi, ma Dame.

C.

ROMANCE

Jadis, dans ma jeunesse,
On me peignait l'amour
Comme un Dieu qui caresse
Et fixe sans retour;
Comme un enfant timide
Pour qui tout nous prévient,
Qu'un seul regard décide
Et qu'un soupir retient.

A ce doux caractère
L'Amour a dérogé,
Et l'enfant de Cythère
Depuis a bien changé.

Fantasque et téméraire,
Vain jouet du désir,
A peine a-t-il su plaire
Qu'il est las du plaisir.

Il n'a plus sa simplesse,
Sa naïve candeur;
Il perdit son ivresse
En perdant sa pudeur;
Il est léger, perfide,
Il est faux et hardi :
L'Enfant n'est plus timide
Depuis qu'il a grandi.

C.

Il m'aimait tant!
Et cependant,
Quand il jurait d'être fidèle,
Une autre a pu paraître belle,
Belle à l'amant
Qui l'aimait tant.

Je m'abusais,
Quand je croyais
A son amour comme à moi-même :
Mais doute-t-on de ce qu'on aime?
Moi, qui l'aimais,
Je le croyais.

Mon pauvre cœur,
A son erreur,
A vu des jours dignes d'envie;
Ils sont passés, et pour la vie;
Mon pauvre cœur
N'a plus d'erreur.

Quand même un jour
Un doux retour
Ramènerait celui que j'aime,
Mon sort, hélas! serait le même,
Car un retour
N'est pas l'amour.

C.

LA JETÉE DE DIEPPE EN 1828.

Qu'attendez-vous sur la jetée ?
Hélas ! qu'y venez-vous chercher ?
La mer écumeuse, agitée,
Se brise contre le rocher :
Le vent mugit, la foudre gronde,
L'oiseau de mer rase le flot :
Et l'on entend au loin sur l'onde
Le cri du pauvre matelot.

Fuyez, fuyez ce noir présage :
Ah ! j'en connais toute l'horreur ;
Je sais ce que c'est un orage,
Je suis la fille du pêcheur.
Vous a-t-on conté ma souffrance ?
Tout une nuit je l'entendis,
Tout une nuit, sans espérance
Ma voix répondit à ses cris.

Vers le matin les vents cessèrent :
Le jour parut, vœux superflus !
Mes regards au loin se portèrent,
Mais mon père n'appelait plus !
Depuis, je viens sur cette pierre,
Chaque jour, prier le Seigneur,
Qu'il ait pitié de ma misère !
Je suis la fille du pêcheur.

Ainsi disait l'infortunée,
Quand je la vis presque sans voix,
S'agenouiller, et, prosternée,
De ses larmes baigner la croix :
Immobile sur la jetée,
Son front bientôt vint à pâlir.
Sa prière était écoutée,
Elle avait cessé de souffrir !......

C.

PORTRAIT DE Mlle DE L*** AGÉE DE 14 ANS.

Gentil minois,
Taquin parfois,
Cœur d'autrefois,
Gaîté constante,
Toujours piquante,
Jamais méchante;
Teint blanc rosé,
Maintien aisé,
Quoique posé.
Petite oreille,
Qu'un rien éveille,
Bouche vermeille,
Sourire heureux.
Deux jolis yeux,
Pas langoureux :

Humeur badine,
Vive et lutine,
Jamais d'épine,
Esprit bien fait;
C'est trait pour trait,
Mon vrai portrait:
Pour savoir faire,
J'ai l'art de plaire;
Mais c'est ma mère
Qui me donna
Ce savoir-là.
Et me voilà....
Toute jeunette,
Un peu follette;
Ainsi je guette
Temps à venir.
Si le plaisir
Vient l'embellir,
Je me sens prête
A le souffrir.

C.

LES RUINES DE MÉDOUX

1846

Je me rappelle que mon père
M'a raconté plus d'une fois,
Qu'ici l'on voyait autrefois
Des humbles fils de saint François
Une demeure solitaire :
Là s'élevait près du coteau,
Non loin du limpide ruisseau,
Une chapelle hospitalière
Toujours ouverte au pélerin ;
Jamais il n'y frappait en vain :
Et le malheur et la misère,

La pauvre veuve et l'orphelin
Y trouvaient toujours la prière
Et l'aumône du capucin ;
Aussi de toute la vallée
Vers la chapelle on se pressait :
On y venait, on y priait,
Et l'âme bientôt consolée
A l'espérance renaissait :
Souvent une pieuse offrande,
Près de l'autel se déposait ;
Plus d'une modeste guirlande
Au mur sacré se suspendait :
Le vieux berger, dans un saint zèle,
Des brebis qu'il faisait bénir,
Parfois à Dieu venait offrir
Et la plus blanche et la plus belle :
Là, plus d'un pauvre voyageur
Vint s'abriter contre l'orage
Et chercher le toit protecteur
Du saint patron de l'ermitage ;
Plus d'une fille du hameau
Y porta son vœu de sagesse :
Plus d'une mère le berceau
Unique objet de sa tendresse :
A cet autel, jamais, dit-on,
Un oubli ne fut sans clémence,
Un repentir sans espérance,
Une espérance sans pardon :
Là, nulle douleur sans prière,
Nulle prière sans douceur,
Enfant, vieillard, joie ou malheur,
Tout bénissait le sanctuaire.....

Mais aujourd'hui du vieux clocher,
Du manoir et de la chapelle,
Hélas! ne venez rien chercher:
Le temps a d'une main cruelle
Partout ici porté sa faulx:
Il s'est ému dans sa colère,
Et renversant le monastère,
Brisant l'autel, le sanctuaire,
Il a détruit jusqu'aux ormeaux,
Qui de leur ombre séculaire
Couvraient la place des tombeaux!...

C.

Bagnères, 1846.

REVERIES. — BAGNÈRES.

1852

Dans ce pays nos bons aïeux
Furent, dit-on, des gens d'élite;
Mais, hélas ! malgré leur mérite,
Ils passèrent vite et vite,
Et vite nous passons comme eux :
Ces pics neigeux, cette montagne,
Ces prés fleuris, cet air si pur,
L'aspect riant de la campagne
S'embellissant d'un ciel d'azur ;
Ce sol si beau, cette nature,
Cette fraîcheur, cette verdure,
Ce torrent qui fuit et murmure,
Ces moissons, ces vallons, ces bois,
Tout n'est-il pas comme autrefois ?
L'écho, pour une voix amie,

N'est-il pas ce qu'il fut jadis ?
Parmi l'émail de la prairie
Ne voit-on pas fleurir le lis ?
Ne voit-on pas briller l'aurore ?
Et les feux brûlants du soleil
Le soir s'évanouir encore
Au sein d'un Océan vermeil ?
Tous ces biens furent pour nos pères
Ce qu'ils sont aujourd'hui pour nous :
En eurent-ils moins de misère,
Leur destin en fut-il plus doux ?
Et lorsqu'en leur sombre demeure
Ils furent près d'être placés,
Les vit-on regretter une heure
De ces jours si vite passés ?
Nul ne l'a su : de ce mystère
La tombe a gardé les secrets,
Et l'espérance ou les regrets
Se sont éteints dans la poussière.
Mais on lit dans le livre d'or
Des légendes de la vallée,
Que lorsque leur âme envolée
Vers le ciel prenait son essor,
Sur leurs nobles croix étoilées
Leurs regards se portaient encor.

C.

A Mlle DE C***

EN LUI ENVOYANT DES POULES BLANCHES.

1853

Quatre poulettes
Toutes blanchettes,
Bien rondelettes,
Bien gentillettes,
Et point coquettes;
Deux blancs maris
Très bien appris,
Sans nulle escorte,
A votre porte
Viennent frapper
Pour leur souper.
D'un cœur facile,
Donnez asile
A qui vous vient
Pauvre et sans bien;

Car, la main pleine,
Soyez certaine
Que Dieu, là-haut,
Paîra la peine
Ce qu'elle vaut.
Prêtez main forte
A qui vous porte
Si bon espoir,
Et que ce soir
D'une volière
Hospitalière
Le doux abri
Réponde au cri
De ces poulettes
Si gentillettes,
De ces maris
Si bien appris.
Lors sous vos lois heureux de vivre
Ils béniront tous à bon droit
Et le destin qui vous les livre,
Et la bonté qui les reçoit.

C.

SUR L'ALBUM DE Mme DE T*** QUI PARTAIT DE PAU

1854

Si quelque jour à ces feuillets
Vous demandez un nom fidèle,
Pensez au mien : qu'il vous rappelle
Mon souvenir et mes regrets.
Les regrets sont la part de l'âge,
Le cœur se brise en vieillissant,
Et l'avenir n'est qu'un mirage
Dont le prestige est impuissant.
Le temps, dans sa course funeste,
Chaque jour emporte avec lui

Quelqu'illusion qui nous reste,
Quelque bien qui fut notre appui.
Dans sa colère il ne nous laisse
Que les orages du passé,
Et sur notre pauvre vieillesse
Tout mauvais jour revient sans cesse
Et nul jamais n'est effacé.
Aussi, quand tout se décolore
Et qu'au jour succède le soir,
Quand l'avenir est sans aurore,
Dans un voyage, hélas! où trouver de l'espoir?
Au départ on assiste encore,
Mais on ne dit plus : « Au revoir! »

C.

A M. DE Z***, POUR LE MARIAGE DE SA FILLE

1855

Que votre race se propage;
Que votre nom, au loin porté,
Y trouve l'accueil et l'hommage
Du respect par vous mérité :
Que l'avenir vous soit prospère,
Qu'il protége vos cheveux blancs,
Et que les vertus de la mère
Soient l'auréole des enfants :
Que des hôtes doux à connaître
Viennent bientôt sur vos genoux

Chanter le jour qui les vit naître
En se groupant autour de vous :
Et que dans sa toute-puissance,
Dieu qui pardonne ou qui punit,
Sur vous étende avec clémence
La main qui console et bénit.
De meilleurs vœux, je n'en puis faire;
Pour de plus vrais, n'en cherchez pas,
Car je vous dis ici, bien bas :
Je touche au bout de ma carrière,
A ce moment on ne ment pas.

C.

À Mlles DE L.-G.

EN LEUR ENVOYANT QUELQUE CHOSE QU'ELLES DÉSIRAIENT

1858

Désirer ce que l'on n'a pas
Est très souvent chose permise :
La morale même autorise
Quelques regrets dans certains cas;
Mais le désir n'est pas l'envie,
Et jalouser le bien d'autrui
Vraiment c'est mal; et dans la vie
C'est se donner beaucoup d'ennui.
Jeunes filles qui venez d'éclore,
Vous qui n'êtes qu'à votre aurore,
Gardez-vous donc de ce mal-là;
Car j'en suis sûr, un jour viendra
Où le destin vous sourira :
Vous verrez un beau ciel encore.
D'ici là mieux vaut, croyez-moi,
Se résignant avec constance,
A son passé garder sa foi,
A l'avenir son espérance.

C.

A Mme DE B***, POUR LE 1er JOUR DE L'AN

Qu'un nouvel an vous soit heureux,
Qu'à vos désirs il soit propice,
Qu'à votre gré tout réussisse;
Qu'il vous préserve des fâcheux,
Des avocats, des ennuyeux,
Des visites de la police,
Des aigrefins, des rêves creux,
Et de l'auteur qui vient vous lire
Le chef-d'œuvre qu'il vient d'écrire.
Gardez-vous, soit dit en passant,
De ces parleurs infatigables
Dont les contes interminables
Vous poursuivent à chaque instant,
Et qui, fiers de leur éloquence,
Tête haute et jarret tendu,

Assomment de leur importance
Un pauvre hère confondu.
Fuyez ce dangereux Philinte
Au ton mielleux, œil en dessous,
Qui ne soupire sa complainte
Que pour accrocher quelques sous,
Et puis après rire de vous :
Dieu vous garde de cette vieille,
Langue qui jamais ne sommeille ;
Vieille à voix douce, à l'œil bénin,
Qui toujours pure et sainte fille
Babille, incessamment babille
Et très pieusement habille
Et la voisine et le voisin.
Que pour embellir votre vie
Chaque jour des soins les plus doux
Votre existence soit remplie,
Qu'un bon ange veille sur vous.
Qu'à vos amis il vous conserve,
Et que le temps, ce laid vieillard,
Des malheurs qu'il tient en réserve
Vous épargne la triste part;
Que Satan, qui de notre affaire
Se mêle par trop quelquefois,
Grâce à votre vertu sévère,
Contre vous sans force et sans voix
Reste cloué dans sa tannière;
Qu'autour de vous matin et soir
Avec calme tout s'accomplisse,
Que jamais la paix du manoir
Ne soit le prix d'un sacrifice.
Dormez d'un tranquille sommeil;

Que votre nuit soit sans orage,
Qu'aucun malencontreux nuage
N'assombrisse votre réveil.
Chaque matin qu'un doux sourire
Accueille vos premiers regards.
Autour de vous que tout respire
La bienveillance et les égards.
Que la santé, ce bien céleste
Qui seul nous soutient ici-bas,
Contre tout accident funeste
Préserve chacun de vos pas.
Voilà mes vœux..... et ma tendresse
Pour vous est presque de l'amour;
Amour!..... le mot est vif, je le confesse,
Mais qu'ai-je besoin de détour?
Ce qu'on défend à la jeunesse
Devient permis avec le temps,
Et sans danger, sans hardiesse,
On peut parler amour, tendresse,
Quand on a quatre-vingt-deux ans.

C.

MES MALADIES A 83 ANS.

Si Dieu voulait,
Mon cœur battrait
Comme il faudrait.
Dieu ne veut pas,
Et mon cœur va
Cahin-caha;
Triste partage,
Mauvais présage;
Mon estomac
Est un vrai sac
De bric-à-brac,
Où tout se mêle,
Et pêle-et-mêle
Se renouvelle
Sans aucun bien

Pour le gardien.
Et que je mange
Viande ou poisson,
Grive ou mouton,
Lièvre ou dindon,
Sole ou chapon,
Tout me dérange,
Et, chose étrange,
Rien ne m'est bon.
Je n'ai de chance
Que la souffrance.
Pour du sommeil,
Rien de pareil;
Mais mauvais songe,
Lourd cauchemar,
Fils du hasard
Et du mensonge.
Dans l'embarras
Jambes et bras
Font leurs ébats;
Et c'est à peine
Si je me traîne
Perdant haleine
A chaque pas.
Gaîté perdue
Et pauvre vue,
Car, pour mes yeux,
Au lieu de deux
Un seul me reste,
Et, je l'atteste,
Du beau ciel bleu
Il voit bien peu.

Quant à l'oreille,
Si l'une veille,
L'autre sommeille :
Sommeil profond,
Qui du canon
Brave le son.
Puis vient la goutte,
Ce mal sans fin,
Qui, goutte à goutte,
Soir et matin,
Sur moi dégoutte
Son noir venin.
Reste ma tête,
Qu'un rien hébète
Et qui s'apprête
A la retraite.
Elle en gémit,
Elle en enrage,
Et puis, plus sage,
Elle se dit :
Pense à l'adage
Abencerage,
C'était écrit.

C.

A M. DE B***,

ROI D'UNE MASCARADE FAITE A PAU EN 1860 DANS UN BUT DE CHARITÉ

J'aimai beaucoup les Rois, ce fût là ma folie,
Et leur gloire toujours fut mon unique envie :
Aussi quand, l'autre jour, un cri d'amour jeté
Réveilla le passé dans mon cœur attristé,
Je crus à d'autres temps, je crus à l'espérance,
Et j'accourus au bruit : c'était votre présence
Et celle de ce peuple autour de vous pressé,
Répétant à l'envi le vieux cri du passé :
Alors des Rois aimés je rappelai la vie,
Ils rehaussaient l'honneur de ma belle patrie :
Leur trône s'entourait de gloire et de splendeur :
Ils savaient comme vous consoler le malheur,
Du pauvre adoucir la souffrance,
En jours heureux et doux changer de mauvais jours,
Et rien n'interrompait le cours
De leur constante bienfaisance :
Jusque dans le plus noir réduit,
On les vit porter la lumière

Et ramener l'espoir qui fuit
Loin du grabat de la misère :
Ils aimaient, comme vous, à faire des heureux !
Aussi quand je vous vis sur ce char si pompeux,
Entouré par la foule et d'un royal visage
Accueillir à la fois ses cris et son hommage,
Je crus revoir encore un de ces Rois chéris,
Un de ces Rois vaillants par les peuples bénis,
Un de ces Rois enfin.... et sans en rien rabattre,
Tels qu'en donna toujours le pays d'Henri Quatre.
A votre royauté d'un jour
Mes quatre-vingt-quatre ans ont dû ce doux mirage;
Je suis content de mon partage,
Car je vous dirai sans détour
Que j'y vois un heureux présage.
Quant à vous, ne redoutez pas,
Ne craignez pas que l'on se plaigne :
Vous avez pendant votre règne
Semé le bien à chaque pas ;
Et vous êtes, quittant le trône
Par votre seule volonté,
Sûr de retrouver la couronne
Sur l'autel de la charité.

C.

A Mme LA DUCHESSE DE N***

1860

Ne pas marcher avec le temps,
Arrêter sa main qui vous presse,
Et conserver de la jeunesse
Ce qui s'envole avec les ans,
A la candeur d'un doux langage
Joindre l'esprit et la raison
Dignes toujours d'un vieux lignage,
Etre bonne en toute saison,
Charitable pour le village,
Généreuse pour la maison
Dont le bonheur est votre ouvrage,
Voilà, Madame, me dit-on,
Ce que l'on voit à Maintenon.
Facilement je puis le croire,
Car du passé j'ai souvenir,
Il a gravé dans ma mémoire
Ce que rien n'en saurait bannir.

C.

A Mme DE K***

20 MAI 1861

Mes doigts s'égarent sur ma lyre,
A mes désirs rien ne répond :
Et si quelquefois Apollon
A mes efforts daigne sourire,
Avec le temps il se retire,
Et tous les deux à l'unisson
Laissent mes vœux et mon martyre
A la porte de l'Hélicon.
Ah ! si ce Dieu d'un air sévère
Ne m'eût pas ainsi repoussé,
S'il n'eût pas traité de chimère
La plainte de mon cœur froissé,
S'il eût écouté ma prière,
Et que loin d'être sans pitié
Il m'eût dit : « J'y consens, reprends encor ta lyre, »
Peut-être, alors, j'aurais pu dire
Ce que fut pour moi l'amitié,

Ce qu'elle a d'attraits et de charmes,
Ce qu'elle peut sécher de larmes,
Ce qu'elle apporte à notre cœur
Et d'espérance et de bonheur.
Pour la douleur jamais absente,
Pour consoler toujours présente,
Bravant du temps le triste cours,
Elle adoucit les mauvais jours.
Soigneuse, bienveillante et bonne,
Du malheureux unique appui,
Lorsque le monde l'abandonne,
Au coin de son foyer elle pleure avec lui.
Vive à la fois et mesurée,
Pure, sensible et réservée,
Aussi tendre que les amours,
Mais bien plus fidèle toujours,
Elle est à la fin de la vie
Ce qu'elle fut dans son printemps,
Toujours jeune malgré les ans,
Avec les ans toujours bénie.
O vous, dont l'amitié dans mes jours de revers
Apporta le repos à mon âme oppressée,
Ange dont la bonté ne s'est jamais lassée,
Recevez dans mes derniers vers
Ma plus reconnaissante et dernière pensée.

C.

WHIST

PRÉCEPTES

1856

Tâchez de bien donner; redoutez la mal donne;
Car la main passe alors : vous perdez votre droit,
Et je n'ai jamais vu ce coup de maladroit,
Dans l'histoire du Whist, réussir à personne.

Votre jeu bien compté, sachez le bien ranger :
Puis, que chaque couleur ensemble soit placée :
Ainsi fixé, le jeu s'attache à la pensée,
Et d'une erreur facile évite le danger.

Par sa longue couleur un bon joueur commence;
Il indique par là l'attaque ou la défense,
Et le partner ainsi clairement averti
Facilement alors prend le meilleur parti.

Le partner par l'invit vous indiquant sa force,
Si de la main alors vous restez possesseur,
Vous devez aussitôt, marquant votre couleur,
Par un invit nouveau répondre à son amorce.

Gardez-vous avec soin de jamais laisser voir
Les cartes qu'en vos jeux le hasard fait échoir.
Car toute carte vue, aussitôt immolée,
Jusqu'à la fin du coup doit rester étalée;
Le joueur ennemi la repousse ou la prend,
En dispose à son choix, la demande ou la rend,
Et de ce droit cruel la force n'est usée
Que lorsque la couleur disparaît épuisée.

D'un mauvais jeu le neuf est l'indice certain :
On doit s'en souvenir lorsqu'on n'a rien en main :
Et, par un neuf joué, le partner peut entendre
Que de vous sur le coup il ne doit rien attendre.

Pour fournir à l'invit que fait votre joueur,
Votre plus forte carte est toujours de rigueur ;
Et songez bien qu'au Whist la meilleure finesse
Est de n'y point chercher une inutile adresse.

Evitez avec soin d'entamer la couleur
Où vous ne pouvez pas aider votre joueur :
Voir venir, dans ce cas, devient un avantage
Dont on doit avec soin se ménager l'usage.

Se soumettre au silence est une loi du jeu ;
Mais malheureusement on s'y conforme peu.

En donnant ou coupant si la retourne est vue,
Il faut recommencer, la donne est mal venue.

Demander au partner s'il a de la couleur
A laquelle il renonce est un droit du joueur,
Exiger qu'en son rang chaque carte placée
Vienne, quand vous jouez, fixer votre pensée;
S'enquérir de l'atout; ce sont encor des droits
Que le Whist aux joueurs accorde dans ses lois.

Gardez-vous à l'invit de répondre de suite,
A moins qu'à de l'atout votre partner n'invite;
Car alors, quel que soit votre plan, votre vœu,
Comme c'est de l'atout de vous qu'il sollicite,
La carte du partner commande votre jeu.

Jouer la contr'invit, c'est dire que l'on coupe,
Et parfois ce jeu-là pourra vous réussir :
Mais quelquefois aussi vous devez réfléchir
Que pour vouloir couper vous risquez la surcoupe.

Un troisième, dit-on, ne doit pas se couper,
Le précepte est très bon, il est digne d'éloge :
Mais il ne faudrait pas trop s'en préoccuper,
Et parfois à bon droit un joueur y déroge.

Un impasse en atout est quelquefois heureux,
Mais l'impasse en couleur est toujours dangereux.

Dans la même couleur répondre tout de suite
A l'invit du partner, c'est souvent une erreur;
Et c'est presque toujours lui dire un peu trop vite :
« Je coupe le troisième, ou suis maître en couleur. »

Tombée ou détachée, aussitôt qu'elle est vue,
Votre carte devient une carte connue :
Et l'adversaire acquiert le droit incontesté
De la faire jouer selon sa volonté.

Lorsque c'est de l'atout que joue un adversaire,
De le faire couper, donnez-vous le plaisir ;
Vous le privez par là de l'atout nécessaire,
Pour faire tomber ceux qu'il voudrait vous ravir.

Jouer le singleton est un fait de mazette,
Et par tout bon joueur ainsi c'est entendu :
Et cependant parfois, en bravant l'épithète,
On peut gagner un tric que l'on croyait perdu.

Une dame seconde est toujours bien jouée ;
Elle fait son chemin, ou, femme dévouée,
En se sacrifiant, elle affranchit son roi
Et soumet à l'instant tout joueur à sa loi.

Supportant les revers, acceptant la fortune,
Epargnez au public une plainte importune :
Gronder ne sert de rien : de vous chacun se rit,
Et le partner blessé s'irrite et vous maudit.

Lorsque par votre jeu vous ne pourrez rien faire,
Qu'aider votre partner soit votre unique affaire :
Ne vous occupez pas de suppositions
Ne faites ni des plans ni des combinaisons ;
Votre chef vous commande ; il trace la carrière,
Soldat humble et soumis, marchez sous sa bannière.

Deux cartes se suivant dans la même couleur
N'ont toutes deux pour vous qu'une même valeur,
Et cependant il faut, pour ne pas être en faute,
Prendre de la plus basse et jouer la plus haute.

Si l'on abat son jeu, c'est forcer son joueur
D'abattre aussi le sien, et contre ce malheur
Vous n'avez plus, hélas! rien autre chose à faire
Qu'à jouer vos deux jeux au gré de l'adversaire.

A ne pas renoncer apportez tous vos soins,
Car pour chaque renonce un joueur perd trois points :
Trois points, me dites-vous? Oui : trois points qu'on vous ôte,
Qu'on vous fait démarquer, ou qu'on marque pour soi ;
Mais trois points! c'est très dur : d'accord; mais c'est la loi;
Et la punition se mesure à la faute.

S'apercevoir à temps que l'on a renoncé,
C'est reprendre sa carte et rendre à la levée
Avant que du tapis on ne l'ait enlevée :
On se soustrait alors à l'arrêt prononcé;
Mais la première carte est aussitôt punie,
Elle reste étalée : et sa triste agonie
Jusqu'à la fin du coup se trouve à la merci
De joueurs qui de vous n'ont jamais de souci.

Si dépourvu d'atouts, par un calcul vulgaire,
A couper malgré lui vous forcez le partner,
Vous servirez très bien le jeu de l'adversaire,
Mais au vôtre, à coup sûr, il en coûtera cher.

Des cartes, des couleurs, gardez bien la mémoire,
C'est le point principal : car le Whist, c'est l'histoire,
Où chacun, tour à tour, cherche dans le passé
Le souvenir d'un fait, par le temps effacé.

Mémoire, souvenir, doux biens de la jeunesse!
Vous qui venez en aide aux plus beaux de nos jours,
Ah! ne nous quittez pas, et nous guidant toujours,
Des vrais joueurs de Whist protégez la vieillesse.

Le joueur qui sera fidèle à mes leçons
N'aura qu'à s'en louer, car mes conseils sont bons :
Et cependant souvent la fortune contraire
S'amuse des calculs et se rit du bien-faire.
Car il faut pour le Whist, comme il en faut pour tout,
Un peu de ce destin qui seul donne à la vie
D'un bien inattendu la puissante magie :
Il faut des as, des rois, des honneurs, de l'atout;
Errez avec cela, s'il vous en prend envie;
Et soyez bien certain que, malgré vos travers,
Le Whist n'aura pour vous ni rigueurs ni revers.

C.

UNE PARTIE DE WHIST

1857

Dans un salon bien clos, de meubles bien garni,
Et de moelleux tapis soigneusement fourni,
Des lampes, des flambeaux la lumière étincelle :
Partout d'un vrai comfort le bon goût s'y révèle :
Il est par mille fleurs en jardin transformé,
Et l'air qu'on y respire est un air embaumé :
D'objets d'art, de tableaux un heureux assemblage
Aux chefs-d'œuvre du jour unit ceux d'un autre âge :
D'un feu toujours actif la constante chaleur
Maintient dans l'atmosphère une égale douceur :
Aux membres fatigués chaque fauteuil présente
De ses contours soignés la forme séduisante ;
Vous pouvez dans leurs bras vous livrer sans regrets,
Pour le plus doux sommeil on les fit tout exprès.
Dans un coin du salon une table est placée

Et l'on voit chaque jour une foule empressée
Autour d'elle venir et chercher à s'asseoir,
En lui portant ses vœux, ses craintes, son espoir :
C'est la table du Whist, pour les uns table heureuse,
Et pour d'autres souvent inquiète et fiévreuse...........
Mais voici le moment où s'ouvre le débat :
Heureux ceux qui l'ont vu tranquille et sans éclat.
Les jeux sont étalés et le Whist s'organise :
La dame de céans, près de la table assise,
Appelle les joueurs, les engage à venir
Pour tirer, dans les jeux qu'elle va leur offrir,
La carte où chacun d'eux cherchera l'assurance
De commencer l'attaque en ouvrant la séance.
Les quatre à qui le sort accorde ce bon lot
Autour du tapis vert se placent aussitôt :
La donne vient alors, et la retourne indique
Quelle est pour le moment la couleur despotique;
Mais pendant que chacun s'occupe d'arranger
Les cartes que le sort a su lui ménager,
De nos divers joueurs observons la figure :
Chacune a son cachet; chacune, je l'assure,
A droit à l'intérêt d'un œil observateur,
Et qui lit dans les traits lit souvent dans le cœur :
Celui-ci d'un fâcheux a toute la tournure;
Il en a le ton haut, il en a l'encolure.
Envers et contre tous il s'est fait professeur :
Il disserte, discute; il déverse le blâme,
Et son esprit jaloux, en style plein d'aigreur,
Contre ses jugements n'admet pas qu'on réclame.
Il est toujours hargneux, mais c'est au Whist surtout
Qu'un tel être déplaît autant qu'il est maussade.
Bavard sans point d'arrêt, parlant de tout, sur tout,

Chacun de ses propos est sottise ou bravade :
Lui seul connaît le jeu : lui seul a des secrets
Dont Deschapelles même ignore les effets.
D'impérieux conseils il est toujours prodigue :
Son ton est irritant, son orgueil vous fatigue :
Vous voit-il sur un coup jouer négligemment?
Vite il prend la parole et vous dit brusquement :
« Ah! par ma foi, Monsieur, c'est par trop faire faute,
» Pour masquer votre jeu prendre de la plus haute
» Etait le seul moyen, et, sur un coup pareil,
» Qui vous dit d'hésiter donne un mauvais conseil :
» Vous étiez sûr ainsi de tromper l'adversaire
» Sur la carte d'après : il n'aurait su que faire,
» Et quant à vous, le tric? vous l'aviez dans la main.
» Mais il ne fallait pas toucher vingt fois en vain
» Une carte après l'autre : il fallait tout de suite
» Avancer votre neuf, carte de choix, d'élite :
» Mais toujours balancer, et toujours tâtonner,
» On est sûr de son lot, on se fait malmener. »
Sur un coup, quel qu'il soit, s'élève-t-il un doute?
Notre fâcheux revient, parle sans qu'on l'écoute,
Et s'en retourne ensuite, aussi content de lui
Qu'il vous a prodigué de fatigue et d'ennui.
De ce triste importun si vous vous croyez quitte,
Quelqu'autre, je le crains, lui succèdera vite.
Dans ce groupe causeur que vous voyez là-bas,
Distinguez ce blondin qui rit avec fracas :
D'un spectacle nouveau son aspect vous menace.
Ce joueur inconnu se présente et prend place,
A côté, vis-à-vis? n'importe : à ce jouteur
Tout partner est égal, et rien ne l'embarrasse;
Rien ne peut contenir sa juvénile ardeur,

Et sur tous les joueurs il va faire main basse.
A le voir ainsi fier, chacun est en émoi,
Et d'un pouvoir nouveau l'on redoute la loi :
Son partner ébloui par cet air d'assurance
Déjà des trics gagnés escompte l'importance,
Tandis que l'adversaire à la crainte livré
Des coups qu'il va subir se sent le cœur navré :
Mais voilà le héros qui commence la lutte,
Et dans un tour de main il a fait la culbute,
En renonçant, coupant et sabrant sans pitié
Les cartes et les rois de son pauvre allié....
De ce beau jouvenceau d'où vient donc l'assurance?
Qui pouvait à ce point porter sa confiance?
Vous voulez le savoir? Il a joué trois fois :
Et pendant ces trois fois la fortune propice
Entassa dans ses jeux et les as et les rois :
Elle n'eut contre lui ni rigueur, ni caprice :
Il n'avait qu'à jouer, et le coup le plus clair
A relever des trics obligeait son partner;
La fortune aujourd'hui devient moins bienveillante,
Mais il n'a pas songé qu'elle était inconstante,
Et très innocemment rien de changé dans lui;
Comme il gagnait hier, il doit perdre aujourd'hui....
En parlant des fâcheux, il en est une classe
Qui mérite à bon droit d'avoir ici sa place,
C'est le mauvais joueur : celui-ci constamment
Incommode et fatigue : il gronde à tout moment :
Nulle carte avec lui n'est carte bienvenue;
Quand son partner paraît, il frémit à sa vue :
« Avec Monsieur, dit-il, je suir sûr de mon sort;
» Le destin nous unit, c'est un arrêt de mort.
» Jamais avec Monsieur une carte maîtresse,

» Et toujours de sa part quelque adroite finesse
» Qui fait qu'à tout son jeu je ne comprends plus rien,
» Et ne puis avec lui mener un tric à bien :
» Mais c'est ma faute à moi, car avec tout le monde
» Monsieur fait chaque jour une somme assez ronde :
» Lorsqu'il est mon partner, c'est un fait reconnu,
» L'atout est un objet qui lui reste inconnu;
» En revanche, il est vrai, qu'à quelqu'autre il s'allie :
» Tout aussitôt chez lui l'atout se multiplie... »
Ainsi parle mon homme à tort et à travers :
De ceux-là j'en connais, et qui me sont bien chers....
Vient un autre joueur : unique en est l'espèce;
Niais, lourd, vaniteux, il n'a rien qui ne blesse;
De calculs toujours faux il a l'esprit orné,
Et se complaît ainsi : *c'est le têtu borné.*
N'allez pas lui citer une règle pour guide :
Sa seule volonté l'inspire et le décide;
Il n'a pas d'autre frein, et le coup de boutoir
Est toujours chez cet homme à côté du vouloir :
Lui donner un avis est d'autant moins utile
Qu'il se croit franchement habile et plus qu'habile :
Et cependant *comprendre, entendre* sont deux mots,
Dont il ne sut jamais distinguer l'à-propos :
Aussi lui parle-t-on? On le met mal à l'aise :
On le voit ricaner, s'agiter sur sa chaise :
Il voudrait vous répondre, un regard l'interdit,
Et sa langue s'empâte ainsi que son esprit :
Il ne lui reste alors qu'une seule ressource,
C'est d'aller recourir aux cordons de sa bourse :
Il le fait à regret, d'un air sombre, irrité,
Un mutisme complet couvrant sa nullité.
Pour détourner les yeux de cette triste étude,

Portez-les un instant sur la noble attitude
Du joueur calme et froid, qui, gagnant ou perdant,
N'a jamais de propos qui soit dur ou mordant;
Qui donne ce qu'il perd comme il prend ce qu'il gagne,
Esclave du bon ton qui toujours l'accompagne,
En qui le vrai talent ne fait jamais défaut
Et qui modestement vous prouve ce qu'il vaut :
De ceux-là, je le sais, peu nombreuse est la race,
Mais enfin quelquefois on en trouve la trace......
J'en connais encore un, au teint frais et rosé,
A l'air simple et modeste, et cependant rusé :
Il joue avec talent, il vous gagne avec grâce :
Dans son heureux cerveau jamais rien ne s'efface,
Et par quelque imprudent lorsqu'il est combattu,
La victoire est son droit : jamais il n'est battu.
J'ai connu, j'ai subi, payé cette fortune
Dont le cours triomphant n'eut jamais de lacune,
Et dont les jeux remplis d'atouts, d'as et de rois
Mettaient en un instant tout le monde aux abois.
Il m'en souvient encor; rien qu'à le voir paraître
Chacun dans ce joueur reconnaissait son maître,
Et chacun aussitôt à lui se présentait
Pour payer le tribut, que nul ne contestait;
Il s'avançait alors avec mansuétude,
Il semblait s'affliger de sa béatitude,
Et d'un air séraphique, en recueillant son gain,
Souriait tendrement, en disant : « A demain!.... »
Mais nos quatre joueurs vont commencer, je pense :
Il faut s'en rapprocher, observer en silence :
Celui-ci hardiment, d'un air de connaisseur,
Voudrait aux yeux de tous se donner l'importance,
Et, parcourant son jeu d'un air froid et rêveur,

Il singe du talent la tranquille assurance;
Cet autre, avec douleur sur sa carte penché,
A quelque tric heureux avait pensé d'avance :
Le destin en regrets change son espérance;
A son illusion il se sent arraché,
Au lieu d'un jeu d'espoir, c'est un jeu sans défense,
Au lieu d'un tric gagné, c'est un tric de perdu,
Et du triste mécompte il reste confondu.
Ce vieillard jette en l'air un regard équivoque,
Il s'adresse au plafond, on dirait qu'il l'invoque,
Qu'il l'appelle à son aide, et qu'il attend de lui
Quelque heureux souvenir qui lui manque aujourd'hui.
Soucieux, grave et froid, sur sa carte il rumine
Lentement, pesamment, calculant tous les coups,
Tandis qu'une joueuse, et légère mutine,
Lui dit d'un air taquin : « Eh! quand donc jouez-vous?
» — Mais, madame, un instant; il faut bien entre nous
» Que j'arrange mon jeu : que ce que je dois faire
» Me soit prouvé, je crois; agir à la légère
» N'est pas du tout mon fait; à mon âge l'on doit
» Aller très doucement, si l'on veut marcher droit.
» Ce précepte est le mien, et, quoiqu'il soit gothique,
» J'engagerai toujours à le mettre en pratique.
» Toutefois, maintenant, comme j'ai vu mon jeu,
» Je vais vous obéir et commencer le feu..........
» Neuf de pique! — Ah! jamais, jamais Monsieur n'invite
» Un neuf, dit le partner, c'est la carte maudite,
» Et Monsieur l'a toujours : c'est comme un fait exprès.
» — Quoi! déjà vous parlez! Contenez vos regrets;
» Le silence est la règle, et c'est là ma boussole,
» Or, quand on suit la règle!.... — Apostrophe frivole,
» Dit un autre joueur; je sais bien que du jeu

» Le silence pour tous est la règle sévère :
» Mais, sans vous offenser, vous l'observez très peu
» Et moins qu'aucun de nous vous aimez à vous taire,
» Vous parlez constamment : on ne peut pas jouer.....
» — Monsieur voudrait qu'on fût toujours prêt à louer?....
» — Mon Dieu, non, cent fois non; mais un peu d'indulgence
» Aiderait quelquefois au manque de silence :
» Et, dites : pensez-vous qu'il vaille mieux gronder,
» Etourdir son partner, sans cesse gourmander;
» Par des si, par des mais, troubler sa pauvre tête
» Et le rendre à la fois malheureux et mazette?
» Croyez-vous cela mieux dans les règles du jeu
» Q'un mot qui vient parfois pour l'égayer un peu?
» Je suis loin de le dire, et même je l'avoue,
» Qui gronde est à blâmer, car gronder est fort laid,
» Et qui ne gronde pas mérite qu'on le loue,
» Mais cela ne dit pas que parler soit bien fait.
» Taisons-nous donc un peu, si ça nous est possible,
» Et prouvons qu'un joueur n'est pas incorrigible. »
Mais à peine ce mot était-il prononcé
Qu'un malheureux impasse, à tout hasard lancé,
Du partner stupéfait allume la colère.....
« — Oh! pour le coup, dit-il, je ne saurais m'en taire;
» Un impasse ainsi fait!..... C'est une nouveauté
» Dont je veux faire part à la postérité.....
» — C'est très bien dit, vraiment, reprend son adversaire,
» Et cette leçon-là peut être salutaire :
» Mais vous, qui sans façon prodiguez vos avis,
» Et qui certainement voulez qu'ils soient suivis,
» Pensez-vous que jamais l'on ne puisse vous rendre
» Le langage obligeant que vous faites entendre?
» Et, sans aller plus loin, vous venez à l'instant,

» Ainsi qu'un écolier, de perdre en vous hâtant
» Un des trics les plus beaux !..... Il faisait la partie :
» Jamais un coup si clair ne s'est vu de ma vie !.......
» — Me hâtant, dites-vous?..... Alors, pour réussir,
» Que fallait-il donc faire?... *Attendre et voir venir?...*
» — *Voir venir!....* Oui, Monsieur : du talent c'est le gage
» Et c'est par le talent que l'avenir s'engage :
» Il faut du temps, des soins, à qui veut parvenir,
» Et cet art, de nos jours, s'appelle voir venir :
» Il est vrai qu'avec lui lentement on arrive;
» Mais on ne risque pas d'aller à la dérive :
» Il faut, et j'en conviens, savoir temporiser,
» Parfois cacher son jeu, même souvent biaiser,
» Mais le succès est là...... L'histoire à chaque page
» Dit que le voir venir est le talent du sage,
» Dans le monde, au logis, en politique, aux jeux,
» Voir venir, de nos jours, est l'infaillible adage
» Et vous saurez cela quand vous serez plus vieux.....
» — Propos hors de saison : et, quoi qu'on puisse dire,
» A ce parler constant je ne saurais souscrire :
» Ma mémoire se perd, mon esprit se distrait,
» Et je ne sais plus rien de tout ce qui s'est fait. »
A cet aigre propos, à cette répartie,
L'on croit voir l'incendie enflammer la partie;
Mais c'est tout le contraire, et le ton du grognard
Ramène les parleurs aux chances du hasard;
Le jeu poursuit son cours : on conçoit l'espérance
D'avoir pour quelque temps obtenu du silence,
Et qu'ainsi l'on pourra finir tranquillement
Ce qu'on a commencé beaucoup trop vivement.
Mais de cette espérance un peu prématurée
Qui pourrait à bon droit garantir la durée ?

Le temps est à l'orage, il faut s'en souvenir,
Et d'un ciel nébuleux redouter l'avenir.........
Tout marchait cependant sans propos, ni réclame,
Quand le premier joueur, ayant au fond de l'âme
D'un mauvais souvenir conservé le levain,
Ne rêvant que projets pour venger son offense,
Croit qu'un hasard heureux dans cette circonstance
Lui fournit un moyen aussi prompt que certain :
Alors, d'un ton hargneux qu'anime la colère :
« La renonce, dit-il, est ici par trop claire,
» Et quoi qu'il en advienne, on ne peut la passer.
» — Eh ! qui donc entre nous aura pu renoncer? »
Demande en souriant la taquine joueuse.
« — Mais, Madame, c'est vous, répond notre grognard :
» Renoncer est au Whist une chose fâcheuse,
» Et l'on s'y trouve pris à la fin tôt ou tard......
» — Que veut dire, Monsieur, une telle réponse?....
» — Madame, rien du tout; sinon qu'une renonce
» Par vous vient d'être faite, et qu'il est important
» Que la preuve s'en trouve, et cela dans l'instant. »
Cette accusation si formelle et si claire
De la jeune joueuse excite la colère :
« — En quelle couleur donc aurais-je pu faillir?....
» — Très aisément, Madame, on va le découvrir. »
Chacun alors s'agite : on reprend les levées,
Et les cartes ainsi tour à tour relevées,
On regarde, on recherche, et d'un œil scrutateur
Chacun tâche de voir d'où peut venir l'erreur :
Cependant nul encor n'aperçoit la renonce,
Et pour chaque remarque il est une réponse.
La joueuse attaquée, en voyant l'embarras
Où l'accusation a jeté chaque tête,

S'écrie avec aigreur : « On devrait être las
» De me tenir sans preuve ainsi sur la sellette ;
» Puisqu'il plaît à Monsieur d'élever ce conflit,
» Il doit pouvoir prouver aisément ce qu'il dit :
» Je demande à mon tour sur le champ qu'il s'explique...
» — Avec empressement je vais vous obéir
» Et satisfaire ainsi votre juste désir, »
Répond notre grognard avec un air caustique.
« Il ne me faudra pas un effort héroïque,
» Ni chercher dans ma tête un trop vieux souvenir
» Pour découvrir ce cœur jeté par vous sur pique ;
» Et maintenant que pique est de nouveau joué,
» Vous servez la couleur, c'est un fait avoué ;.....
» Ainsi parfaitement la renonce s'explique. »
A ce cruel calcul, qui reste sans réplique,
Notre joueuse en vain tâcherait d'échapper.
Elle subit le coup qui vient de la frapper ;
Honteuse, elle maudit le sort qui la châtie,
Se lève en rougissant et quitte la partie
En laissant son partner médusé, mécontent,
Se tirer d'un gâchis qu'il va payer comptant.
Mais le trouble excité par cette triste scène,
La perte du rober qu'avec elle elle entraîne,
Tout fait finir le Whist, et, gagnant ou perdant,
Chacun quitte son siége en comptant son argent.
Puis on se prend de bec en quittant la partie ;
Pour un aigre propos, plus aigre répartie :
Chacun se forme en groupe, et trouve un orateur
Qui disserte, qui juge, et tranche avec hauteur ;
Un autre à son partner, qui fuit à son approche,
Adresse avec aigreur reproche sur reproche :
« Mais cet as?..... Oui, cet as?.... Si vous l'aviez joué,

» Ah! Monsieur, de quel cœur je vous aurais loué!...
» Parmi les grands joueurs vous marquiez votre place;
» Mais, au lieu de cela, vous livrer à l'impasse?
» Impasse mal conçu: calcul faux et borné,
» Par le simple bon sens aussitôt condamné.....
» — De votre unique atout que vouliez-vous donc faire? »
Dit un autre joueur, « n'avez-vous donc pas vu
» Qu'en ne l'employant pas, le tric était perdu,
» Il vous fallait couper, soit dit sans vous déplaire:
» Mais garder votre atout pour servir l'adversaire?
» Rempli de bon vouloir, par un soin obligeant
» Lui donner à la fois le tric et mon argent?
» Ah! ce soin-là, Monsieur, ne fait pas mon affaire,
» Et c'est toujours ainsi, quand je suis avec vous,
» Que de vos faux calculs je supporte les coups...... »
Pendant qu'ainsi chacun s'émeut, gronde et discute,
Et que le ton partout dégénère en dispute,
Le temps qui nous poursuit, qui nous presse toujours,
Qui finit nos plaisirs, comme il finit nos jours,
Annonce à nos joueurs que voici venir l'heure
Où l'on devrait enfin regagner sa demeure........
Mais avant que chacun se soit déterminé
A quitter ce salon, où le tient enchaîné
Un tendre souvenir, il faut bien que l'on glose,
Et que des coups passés on dise quelque chose:
Que l'on se fâche un peu, qu'on lance quelque trait
Sur ce pauvre partner qui soupire et se tait,
A moins que fatigué, preste sur le qui vive,
Il ne rende en grondant la réponse un peu vive........
Aussi c'est bruyamment qu'on entend de partout
Répéter: « Tric! Renonce! Impasse! Invit! Atout!..... »
On se décide enfin, la porte est dépassée,

La rue, en tous les sens, suivie ou traversée :
On croit que désormais on goûtera sans bruit,
La tranquille douceur des charmes de la nuit,
Car la lutte a cessé........ La bruyante cohue
S'éparpille en tous sens, gagne de rue en rue :
Elle presse le pas, en silence, sans cris,
Semble s'apercevoir qu'il est une heure indue,
Que celle du repos pour chacun est venue,
Et qu'il est temps enfin de gagner son logis.
A votre tour alors vous croyez, pauvre hère,
Pouvoir aussi goûter un repos nécessaire :
Vous vous félicitez?....... Mais, grand Dieu ! quel gâchis !
D'où viennent à l'instant ces effroyables cris?
Un tapage infernal que le vent vous apporte
Eclate tout à coup, arrive à votre porte;
Ce ne sont que clameurs, que bruits divers, confus :
Chacun crie à la fois, et l'on ne s'entend plus :
Des mots entrecoupés : « Oui, c'était la renonce....
» — Ah ! s'il avait coupé !..... Pour qui connaît le jeu !
» Laisser passer un roi !..... Voilà comme on s'enfonce !
» — Et votre impasse donc !... Etait-il en son lieu !...
» — Et votre invit d'atout !... dit un autre en colère;
» Joua-t-on jamais mieux pour plaire à l'adversaire ? »
De reproche en reproche ainsi chacun poursuit
Le partner ennuyé, qui s'esquive, s'enfuit,
Et, par ce procédé rempli de convenance,
Fait que tout est bientôt rentré dans le silence.
A ce tumulte, seul, vous avez échappé :
Vous pouvez respirer !.... Votre heureuse ignorance
D'un suave repos vous offre l'espérance,
Et d'un bienfait si doux le cœur préoccupé,
Les yeux demi fermés vous sommeillez d'avance :

Vain et trompeur espoir!... D'un bruit soudain frappé
En l'air, autour de vous, s'élève une tourmente,
Et du sein de la foudre un cri rauque échappé
Vous fait entendre au loin une voix glapissante,
Qui, fatiguant l'écho de sa plainte incessante,
Dit et redit toujours : « *Ah!... s'il avait coupé!...* »

C.

PARC DE BEAUMONT

1861

Heureux Parc de Beaumont, adieu, terre chérie,
Terre de doux pensers, d'aimable rêverie,
Dont je vins si souvent implorer le secours,
Quand je sentais le mal tourmenter mes vieux jours :
D'un pas faible et tremblant j'entrais dans tes allées;
Ton air pur m'y rendait les forces ébranlées,
Et mes yeux affaiblis retrouvaient la clarté
Pour admirer l'éclat de ton site enchanté.
Combien de fois, alors, l'aspect de ta vallée,
Par un ciel protecteur de tant de biens comblée,
Apportant à mon cœur un calme inattendu,
Lui rendait le repos que je croyais perdu.
Ainsi je parcourais tes sentiers, tes bocages,
Je contemplais les monts, d'où naissent les orages,

Et j'allais pour m'asseoir sous un feuillage épais
Dont jamais rien encor n'avait troublé la paix.
Mais il advint qu'un jour l'utilité publique
Se souvint que partout elle a droit de pratique,
Et parcourant ce parc, si bien soigné, si beau,
Elle se dit : « Il faut que j'en prenne un morceau :
» J'en veux faire un chemin, d'accès doux et facile,
» Qui tracé, dessiné par une main habile,
» Tout le long du coteau se développera
» Et dans tout son luxe offrira
» De l'antique Béarn la riche et vaste plaine,
» De ses monts orageux l'aride et longue chaîne,
» Ses coteaux si riants, ses fertiles vallons,
» Dont l'arbre des vieux jours abrite les maisons;
» Ses gothiques clochers, aux flèches élancées,
» Jetant aux vents du soir leurs notes cadencées,
» Et je veux que l'on dise, à cet aspect divin :
» Heureux l'homme de goût qui conçut ce chemin! »
Ainsi parla, dit-on, l'utilité publique :
A son aide aussitôt arriva la pratique,
Et l'on vit apparaître un grave ingénieur,
De l'intérêt de tous sage modérateur,
Qui dit, pour mettre à fin tout débat, tout litige,
Qu'il pense qu'aujourd'hui le bien public exige
Qu'à l'instant dans ces lieux un grand chemin soit fait,
Lequel, du haut en bas, du Parc sera distrait.
« — Mais... c'est là mon terrain, dit doucement le maître;
» Moi seul j'en puis jouir; vous l'ignorez, peut-être?
» — Dutout...! mais votre droit n'est qu'un droit relatif,
» Et l'intérêt public est un droit positif :
» Dès l'instant qu'il paraît, il devient exclusif,
» Et pour ce grand motif d'utilité publique,

» Motif que rien n'entrave et que rien ne complique;
» L'annexion de fait aussitôt se pratique:
» Tout cède à ce principe, et sur ce droit formel
» Vous chercheriez en vain à provoquer l'appel :
» J'annexe votre Parc, vous n'avez rien à dire;
» L'utilité publique est la loi de l'Empire.
» Par suite en votre bien un chemin se prendra,
» Mais vous conserverez ce qu'on vous laissera..... »

A ce ton exclusif de toute remontrance
La pioche, dans ce Parc, installe sa puissance
Et bientôt ce terrain, par tant de soins paré,
N'offre plus qu'un cahos, de débris entouré.
Le vieux chêne tomba sous l'avide cognée,
La plus modeste fleur ne fut pas épargnée,
Et des sentiers boueux, des troncs déracinés
Firent de lieux charmants des lieux abandonnés.
Enfin lorsqu'un beau jour, la pelle toujours prête
Eut de bon gros cailloux rempli mainte charrette
On put, dès le matin, voir ce beau Parc orné
D'un chemin à grands frais en sillon contourné.

Mais voyez de ces lieux la puissance magique!
Ce prétendu chemin d'utilité publique,
Qui devait de ce Parc altérer la beauté,
N'a pu que l'augmenter par sa variété :
Aussi le Châtelain, heureux de l'aventure,
En se frottant les mains a souri, nous dit-on,
Et même aurait-il dit, à ce que l'on assure :
« L'utilité publique a quelquefois du bon. »
Je suis de son avis : il peut sans crainte aucune

Braver de ce chemin l'arrivée importune.
Du seuil de son manoir, par les fleurs entouré,
S'il veut porter au loin son regard assuré,
Il voit que le Béarn est toujours son domaine,
De la vieille montagne il voit toujours la chaîne,
Ces torrents écumeux, ces brillantes moissons,
Que le plus pur soleil dore de ses rayons.
Ce qu'il avait il le possède,
Et ce chemin si redouté
Est devenu plutôt un aide
Dont le concours n'a rien gâté.

O maîtres du manoir! ô vous qui d'un autre âge
Rappelez les bons cœurs, l'esprit et la gaîté,
Jusqu'à vos derniers jours que ce Parc enchanté
Soit, pour votre doux vivre, un constant apanage,
Et, possédé par vous, par vous seul habité,
Qu'il conserve à jamais son charme et sa beauté.

Oui, bien des jours s'écouleront encore,
Et pour ce beau pays un destin protecteur
Arrêtera des ans le pouvoir destructeur.
Le temps, ce vieillard qui dévore,
En vains efforts s'épuisera,
Et rien ici ne changera.
La campagne y sera la même,
Et quand le Béarnais viendra
S'asseoir sur un coteau qu'il aime,
Dans sa joie il retrouvera
La jeune fleur qui vient d'éclore
Pure et fraîche comme l'aurore,

Et les vallons, les campagnes, les bois,
Tels qu'il les vit pour la première fois :
La nature y restera belle,
L'habitant y restera bon,
Et la femme toujours fidèle
Sera l'ange de la maison.

Heureux Béarn, terre chérie,
Du meilleur de nos rois belle et noble patrie,
Tant que ton sol par le temps respecté
Conservera sa fraîcheur, sa beauté,
Tant que le Gave, enfant de tes hautes montagnes,
De ses flots bondissants couvrira tes campagnes,
Dans ces lieux fortunés l'écho nous redira
Ce nom cher et sacré, que son siècle admira :
C'est ce nom qu'à son fils le Béarnais répète,
Et des enfants joyeux le plus beau jour de fête
Est le jour où d'Henri le nom est prononcé
Comme espoir d'avenir et gloire du passé.

Habitant du Béarn, grâce au destin prospère
Qui rend ton beau pays le rival de Madère,
Chaque jour aujourd'hui tu vois de tout côté
Par des hôtes nouveaux ce pays habité :
Conserve ton climat, ton soleil, ton adresse,
Que de mauvais plaisants ont appelé finesse,
Et chez toi constamment tu verras l'étranger
D'une bourse trop pleine à flots se dégager.
S'il trouve quelquefois qu'il fait un peu cher vivre,
Rappelle-lui les maux dont ton sol le délivre ;
Dis-lui : sans la santé rien ne vaut ici-bas ;

Et pour la conserver que ne ferait-on pas?
Or, malade, souffrant, qu'a-t-il de mieux à faire
Que de porter ses vœux, son argent et ses pas
Dans cette ville hospitalière
Dont l'air suave et pur prolonge sa carrière?
Sois sûr que par ces mots à la raison rendu
Il se consolera d'un peu d'argent perdu.

Ainsi ta ville fortunée
Tranquillement prospèrera,
Et de ta douce destinée,
A chaque instant de la journée,
Le pactole se chargera.

Mais adieu, Parc Beaumont, terre en beautés féconde,
Panorama vivant du plus beau ciel du monde;
Il faut que je renonce à tes ombrages frais,
A tes doux rossignols aux chants si pleins d'attraits,
A ton beau ciel d'azur, à l'aspect de ta plaine,
A l'aspect du manoir où le cœur vous ramène;
Il faut que je renonce à tes prés embaumés :
Mes yeux se sont éteints, le temps les a fermés!....
Impitoyable arrêt dont la fin de ma vie
Doit lentement subir la pénible agonie :
Déjà je cherche en vain le coteau, le vallon,
Et je n'aperçois plus cet immense horizon
Dont peut-être Henri IV, aux jours de son enfance,
Vint dans ce même lieu, sur ce même gazon,
Admirer les beautés en rêvant la puissance!.....

C.

ACROSTICHE

1861

Cherchant bien jeune encor le chemin de l'honneur,
Aux tombeaux des aïeux je fus pour le connaître,
Sur leurs marbres glacés je les vis apparaître
Tous les yeux vers le ciel et la main sur le cœur.
Entendre leur silence et marcher sur leur trace,
Lier mon avenir à leur noble passé,
Bénir Dieu de sortir d'une aussi pure race,
A mon blason chéri ne voir rien d'effacé,
Jusqu'au dernier moment, plein d'amour et de zèle,
A mon Roi, comme à Dieu, rester toujours fidèle,
Ce fut là mon serment..... Je ne l'ai pas faussé.

Bagnères, imprimerie Dossun.

www.ingramcontent.com/pod-product-compliance
Ingram Content Group UK Ltd.
Pitfield, Milton Keynes, MK11 3LW, UK
UKHW021501260726
13993UKWH00004B/1517